기획의 말

그리운 마음일 때 'I Miss You'라고 하는 것은 '내게서 당신이 빠져 있기(miss) 때문에 나는 충분한 존재가 될 수 없다'는 뜻이라는 게 소설가 쓰시마 유코의 아름다운 해석이다. 현재의 세계에는 틀림없이 결여가 있어서 우리는 언제나 무언가를 그리워한다. 한때 우리를 벅차게 했으나 이제는 읽을 수 없게 된 옛날의 시집을 되살리는 작업 또한 그 그리움의 일이다. 어떤 시집이 빠져 있는 한, 우리의 시는 충분해질 수 없다.

더 나아가 옛 시집을 복간하는 일은 한국 시문학사의 역동성이 드러나는 장을 여는 일이 될 수도 있다. 하나의 새로운 예술작품이 창조될 때 일어나는 일은 과거에 있었던 모든 예술작품에도 동시에 일어난다는 것이 시인 엘리엇의 오래된 말이다. 과거가 이룩해놓은 질서는 현재의 성취에 영향받아 다시 배치된다는 것이다. 우리는 현재의 빛에 의지해 어떤 과거를 선택할 것인가. 그렇게 시사(詩史)는 되돌아보며 전진한다.

이 일들을 문학동네는 이미 한 적이 있다. 1996년 11월 황동규, 마종기, 강은교의 청년기 시집들을 복간하며 '포에지 2000' 시리즈가 시작됐다. "생이 덧없고 힘겨울 때 이따금 가슴으로 암송했던 시들, 이미 절판되어 오래된 명성으로만 만날 수 있었던 시들, 동시대를 대표하는 시인들의 젊은 날의 아름다운 연가(戀歌)가 여기 되살아납니다." 당시로서는 드물고 귀했던 그 일을 우리는 이제 다시 시작해보려 한다.

기획의 말

그리운 마음일 때 'I Miss You'라고 하는 것은 '내게서 당신이 빠져 있기(miss) 때문에 나는 충분한 존재가 될 수 없다'는 뜻이라는 게 소설가 쓰시마 유코의 아름다운 해석이다. 현재의 세계에는 틀림없이 결여가 있어서 우리는 언제나 무언가를 그리워한다. 한때 우리를 벅차게 했으나 이제는 읽을 수 없게 된 옛날의 시집을 되살리는 작업 또한 그 그리움의 일이다. 어떤 시집이 빠져 있는 한, 우리의 시는 충분해질 수 없다.

더 나아가 옛 시집을 복간하는 일은 한국 시문학사의 역동성이 드러나는 장을 여는 일이 될 수도 있다. 하나의 새로운 예술작품이 창조될 때 일어나는 일은 과거에 있었던 모든 예술작품에도 동시에 일어난다는 것이 시인 엘리엇의 오래된 말이다. 과거가 이룩해놓은 질서는 현재의 성취에 영향받아 다시 배치된다는 것이다. 우리는 현재의 빛에 의지해 어떤 과거를 선택할 것인가. 그렇게 시사(詩史)는 되돌아보며 전진한다.

이 일들을 문학동네는 이미 한 적이 있다. 1996년 11월 황동규, 마종기, 강은교의 청년기 시집들을 복간하며 '포에지 2000' 시리즈가 시작됐다. "생이 덧없고 힘겨울 때 이따금 가슴으로 암송했던 시들, 이미 절판되어 오래된 명성으로만 만날 수 있었던 시들, 동시대를 대표하는 시인들의 젊은 날의 아름다운 연가(戀歌)가 여기 되살아납니다." 당시로서는 드물고 귀했던 그 일을 우리는 이제 다시 시작해보려 한다.

바다 호수

문학동네포에지 082

이시영 시집

바다
호수

시인의 말

시가 무슨 '보복'처럼 한꺼번에 몰려왔다. 나는 그것을 밤새워 성실하게 받아 적었다. 어느 초라한 사람의 쓸쓸한 생애에도 간혹 이런 축복의 시간은 찾아드는 모양이다. 여기에 등장하는 모든 분들께 머리 숙여 깊이 감사드린다. 다 아시겠지만 나는 이미 나 혼자가 아니다. 그분들 속에 내가 들어가 살아 있듯 그들도 내 속에서 이렇듯 사라지지 않는 긴 시간을 함께 살고 있는 것이다. 그러매 작품 속의 모든 인물들에게 살아 있는 축복 있을진저!

2004년 봄
이시영

차례

2부

1부

장래 희망

김남주의 광주일고 1학년 생활기록부엔 장래 희망이 '법관'으로 되어 있었다. 그러나 그는 끝내 법관이 되지 못했다. 대신 그들과 그들이 지배하는 세상을 뒤엎는 해방 전사가 되었다.

사바나

협곡에서의 마지막 날 밤, 맹수들 중 어떤 것은 다 자란 제 새끼들을 캄캄한 절벽으로 떨어뜨려 그중 살아 돌아온 것들만을 데리고 대평원으로 나아간다고 한다. 아침 햇살 아래 늠실대며 빛나는 표범 새끼들의 자랑스런 등이여!

조상(弔喪)

주인의 주검이 살과 뼈로 분리되고 있는 동안 개들은 문밖에서 얌전히 목을 빼고 기다렸다. 이윽고 양동이를 들고 나온 사내가 뼈들을 던져주자 개들은 옛 주인을 한 짝씩 물고 사라졌다. 만년설의 등이 희게 빛나는 아침 대지 속으로.

청진동에서

송영은 휘파람을 잘 불고
방영웅은 〈부용산〉을 잘 불렀다.
예나 이제나 신선생은 추임새를 잘 넣고.
그러나 이제는 모두 지나간 옛일
아무도 그 시절을 기억하지 않는다.

겨울

잠들면서 내려다보니 이불 밖으로 발가락들이 모두 삐죽이 나와 있다
의왕시 포일동 서울구치소 12사하(舍下) 9방, 과실치사의 고단한 운전사들이 세상모르고 단잠 든 밤

집

어쩌다 검찰청 조사라도 있어 늦는 밤이면 벌써 구치소 좁은 방이 그리워지고 부산한 동료들이 이불 속에 파묻어놓았을 저녁밥이 생각나고 그곳도 집이라고 호송 버스가 인덕원 사거리에 이르면 마음이 턱 놓이고 가슴은 뛰는 불빛들로 따스해지는 것이었다.

메기

광평리 지나 마산리 지나 42년 만에 깨금발 뛰며 초등학교 가는 길, 과수원 옆 낯익은 돌다리 밑으로 아직도 옛 개울은 흰 배를 드러내고 힘차게 흐르더라. 수많은 용준이의 얼굴로, 늙지 않은 소년들의 얼굴로.

방학

매미들이 참 열심히도 운다
쉬지 않고 운다
새벽까지 운다
소나기 속에서도 운다

저러다간 여름의 책장이 다 찢어지고 말겠다

당숙모

삼각지에서 전철을 갈아타다가 우연히 돌아가신 당숙모를 보았습니다. 수많은 할머니들 속에 섞여 못 보던 지팡이를 짚고 왁자하니 상암경기장행 열차를 타고 계셨는데 이쪽을 보고 배꽃처럼 활짝 웃는 모습들이 생전의 고생은 내려놓고 사시는 듯하여 마음이 한결 가뿐했습니다.

수학여행

어디서 뚜우 하고 뱃고동이 울었다. 비린내 선창이 가까운 도회에서의 첫 밤, 방금 붕어빵 사 먹고 들어온 놀란 참새들이 추운 머리를 박고 오글오글 잠든 방.

8·15

기념식에서 돌아온 독립 유공자 유족이 올해도 어김없이 비닐 천막 문을 열고 들어간다

조국의 하늘은 저리 푸르건만

아프리카

세렝게티 초원의 수사자 한 마리가 긴 포만의 낮잠에서 깨어나 모처럼 새끼들을 어르며 놀다가 다람쥐처럼 뽀르르 잔등을 타고 오르는 그중의 한 마리를 향해 씨익 웃는 웃음이 우리 할아버지들의 용맹스런 웃음을 그대로 빼박았다.

종언

세렝게티 초원의 수사자 한 마리가 이번에는 무리에서 떨어져나와 하루종일 아무것도 먹지 않은 채 황혼의 언덕에 턱을 괴고 앉아 있습니다. 그러다가 이따금 끝없는 지평선을 향해 앞발을 들고 거대한 울음을 우는데 그 울음소리가 하도 장렬해 양들의 언덕을 막 넘어가던 석양의 신들도 깜짝깜짝 놀랐습니다.

아침

너는 왜 여기까지 날아와 새가 되었니?

동몽골 고원의 푸른 초지(草地)에 내려앉아 아침 부리를 닦고 있는 작은 참새여

테렐지 숲에서 생긴 일

다리가 묶여 온 짐승은 말간 눈을 뜬 채 숲속의 우리를 보고 매애거렸다. 그러나 익숙한 솜씨의 칼잡이가 망치를 들고 다가가자 온 힘을 다해 버둥거리며 마지막 애처로운 비명을 질렀다. 정수리에 일격을 가하자 염소는 묶인 다리를 심하게 떨다가 이내 잠잠해졌다. 칼잡이가 재빨리 내장을 열어 염소의 숨통을 끊어주었다. 그리고 그동안의 수고였던 가죽옷을 벗겨내고 풀 냄새가 자욱한 장(腸)들을 꺼내고 조금 전까지 우리를 보고 있던 말간 눈을 감겨주었다. 그리고 숲은 다시 아무 일도 없었던 것처럼 분주해졌다.

몽골 시편 1

풀을 뜯던 말들이 간혹 그 선량한 얼굴을 들어 바람 불어오는 쪽으로 고개를 주억거리고 있는 것을 보면, 때는 바야흐로 석양 무렵이고, 말들에게도 일말의 애수가 있다는 것을 금방 느끼게 된다.

몽골 시편 2

잉여를 남기지 않으려는 몽골인들의 강인한 정신은 짐승들에게도 전이되어 말들이 한번 풀을 뜯고 간 대초원은 마치 면도날로 도려낸 듯이 깨끗하였다.

몽골 시편 3

울란바토르의 하늘은 갓 태어난 하늘빛 그대로였다. 그 아래 곧바로 내리쏟는 태양빛을 받으며 오륙십 년 전에 헤어진 우리 외삼촌 같은 얼굴들이 무어라 알 수 없는 말들을 빠르게 지껄이면서 국립 상점 앞을 흘러갔다.

사냥

구릉을 향해 전속력으로 달리던 젤이 그만 무릎을 꺾고 쓰러져 체념한 듯 안타까운 눈으로 이쪽을 봤다. 닛산이 다가가 총 한 방을 날리고 토요타가 다가가 심장을 향해 마지막 한 방을 더 날리자 젤은 자기가 달려온 초원을 한번 돌아보고는 모로 누워 다리를 모두고 떨었다. 닛산과 토요타가 내려서 날카로운 주머니칼로 껍질을 도려내고 가슴을 따고 생식기를 잘라내자 젤은 그제야 움찔하면서 작은 경련을 멈췄다. 그리고 차가운 대지 위에 축 늘어진 시신을 눕혔다.

울란바토르 시장에서

울란바토르 시장은 복잡하였다. 차에 오르기 전부터 안내자가 소매치기를 조심하라고 당부했건만 카메라가 든 색을 어깨에 멘 것부터가 잘못이었다. 입장료를 지불하고 막 시장 입구로 들어서자마자 누가 어깨를 스치는가 싶더니 손이 아주 가까이 와 닿는 느낌이었다. 재빨리 색을 내려 보니 이미 자크가 열리고 카메라가 달아난 뒤였다. "도둑이야!"라고 외치려다가 우스꽝스러울 것 같아 그만두었다. 카메라 도둑은 면도날 같은 눈빛을 그으며 내 곁에서 유유히 멀어져갔다. 열대여섯쯤 되는, 발이 빠른 소년이었다. 조금 후 챙 넓은 카우보이 모자를 하나씩 사 쓰고 나오면서 보니 소년의 날랜 발이 씩 웃으며 주차장 너머로 사라지고 있었다. 유쾌한 도둑이었다.

여름

동몽골 고원의 얕은 여울 속을 꼬리를 툭툭 치며 거슬러오르는 경쾌한 송사리들

그러나 그 위의 협곡에는 거대한 망각의 해가 바짝 마른 혀를 적시며 기다리고 있다

동몽골에서

나비야 너는 왜 여기서 훨훨 나니?

그러나 나비는 대답하지 않고 까만 눈만 더욱 까맣게 반짝이다 고운 눈을 한번 흘기고는 파란 하늘을 북 찢으며 하늘 길 속으로 사라졌다.

광대탈

서울 상록회관에서 있은 소설가 김춘복 선생 아들 결혼식엔요 그의 고향인 밀양 얼음골에서도 전세 버스가 한 대 올라왔다는데요. 그 버스를 함께 타고 온 밀양문학회장 고증식 시인 말에 의하면, 처음엔 서먹하던 버스가 고속도로에 들어서자마자 김춘복 선생을 빼박은, 김춘복 선생과 숙질간이란 오십대 초반의 건장한 두 사내가 버스 앞 통로로 나서더니 인사고 뭐고 없이 곧바로 곱사춤으로부터 시작해서 밀양아리랑, 배호에서 나훈아로 숨가쁘게 넘어가더니 답답해서 안 되겠다 여보소 기사 양반, 메들리로 틀어달라며 고고에 지르박까지 추어대는 통에 서울까지 오는 동안 잠은커녕 귀청이 다 떨어져나갈 지경이었다며 손을 내젓는데, 때마침 폐백을 받고 피로연장에 들어서던 그 숙질간이란 두 사내가 김춘복 선생 뒤에서 우리를 향해 싱긋 웃는데 짧은 스포츠머리며 각진 하관이 강인한 광대탈을 연상시켰다.

여름밤

바가놀에서 늦은 저녁밥 먹고 테렐지 숲 가는 길, 밤새도록 날벌레들이 날아와 창유리에 머리를 부딪고 죽었다. 달빛이 명주처럼 푸른 밤.

변함없는 일

날 저물면 호남평야의 전봇대들은 큰 키를 수그리고 달려가 우묵한 마을부터 제일 먼저 불을 켜고 나옵니다. 한곳에 너무 오래 서 있다보니 선량한 허리도 많이 굽었습니다만.

고향

전라북도 장수군 번암면은 내 친구 장점현의 고향. 이가 시린 차거운 개울물을 건너면 그의 집이었다. 산 아래에 의젓하게 자리잡은 반듯한 초가집. 마당에 차일을 치고 이웃 마을의 신부를 맞아 혼례를 치르고 며칠 동안 흥겨운 잔치를 벌인 뒤에 우르르 번암면 소재지로 달려가 결혼 기념사진을 찍었던가. 모두들 소년기가 채 가시지 않은 애틋한 얼굴들이었다. 그뒤 생활의 최전선인 서울에서 여러 번 만났다. 오금동 벌판에서 그가 형과 함께 고물 수집상을 하고 있을 때, 봉은사 뒷마을에서 도배꾼을 하고 있을 때, 그리고 느닷없이 대모산 강남구 예비군 훈련장에서 또 한 번. 마지막으로 그를 본 것은 연락을 받고 달려간 영동세브란스병원. 대장암 수술을 받고 중환자실을 거쳐 일반 병실로 실려 나온 직후였다. 아직 가래를 뱉지 못한 상태였지만 소년처럼 꼭 다문 입술로 한번 보고 싶었노라고 했다. 그날 나는 그의 손을 잡고 무슨 말을 했던가.

장수군 번암면은 내 친구 장점현의 고향. 이가 시린 차거운 냇물을 건너면 이제는 따뜻한 그의 무덤. 여러 굽이를 휘어돌기는 했지만 집부터 무덤까지의 거리는 이렇듯 지척이었다.

737번지의 1

정릉3동 737번지의 1. 어느 여류 작가와 한 번지에서 산 적이 있다. 아침마다 푸드득 소리에 놀라 깨면 정릉천 오리 장수의 손에는 칼이 들려 있고, 긴 목으로 붉은 피를 쏟으며 축 늘어져가던 오리들. 그리고 그 옆에서 아무렇지도 않은 듯 생글거리며 미끄러져가던 다른 오리들. 겨울이면 불도 들지 않는 바라크 방에서 긴 새우잠을 자고 나오면 신문지를 말아 쥔 여류 작가가 하나밖에 없는 공동 화장실 앞에서 발을 동동 구르던 모습이 재미있었다. 낮이면 망치와 해머 소리 속에 바라크 촌이 새로 들어서고 다시 부서지고, 밤이면 정릉의 옛 장원의 소나무 가지 사이로 은은히 쏟아져내리던 푸른 달빛들. 이따금 청수장에서 흘러온 희디흰 배꽃들이 그 너머엔 다른 세상이 있음을 알려주었다. 하여간 나는 그곳에서 신춘문예에 응모하고 당선이 되었다. 신문에 시가 실리던 날, 여류 작가가 처음으로 다가와 배꽃처럼 흰 얼굴로 웃어주었다. 그것을 아는지 모르는지 오리들이 푸드득 겨울 하늘로 날아올랐다. 정릉3동 737번지의 1 흐린 하늘로.

바닷가 사진

국가인권위원회에서 나오는 『월간 인권』 2003년 10월호 표지엔 대나무 지팡이를 들고 장화를 신은 한 성자가 바닷가 뻘밭 외로운 소나무 둥치에 기대어 조용히 눈을 감고 있는 사진이 실려 있습니다. 얼굴은 해풍에 씻긴 소나무 껍질처럼 일그러지고 키보다 긴 대나무 지팡이를 움켜쥔 손가락은 모두 잘리고 없는 한센병 할아버지 사진이었습니다.

호수

갈매기들이 한강까지 날아와 쉰 적이 있다.
여기가 바다인 줄, 바다의 큰 호수인 줄 알고.

60년대

밤새도록 철길을 달려온 열차가 강경역에 이르러 더운 숨결을 내뿜으며 망치를 든 검차원의 점검을 받을 무렵이면 꼭 물장수들이 올라왔다. "따끈한 오차 있습니다요. 강게 물 있습니다요." 새벽안개를 뚫고 읍내에서 달려온 벙거지를 눌러쓴 소년 물장수들의 외침이었다.

무연고자 묘역

술꾼 김정우가 결국은 거리에서 죽었다고 한다. 몇 달간의 공고 끝에 연고자가 나타나지 않자 시립묘지 무연고자 구역에 묻혔다고 한다. 뒤늦게 대학 동기들이 그의 무덤 자리를 알아내 1년에 한 차례씩 모이고 있다고 한다. 역시 뒤늦게 밝혀졌지만 그는 6·25 때 남대문 경찰서장의 아들이자 명문 경기고등학교 출신. 그러나 우리에겐 미아리 주점에서 〈불 꺼진 창〉을 잘 부르던 소설가 지망의 갸름하고 긴 얼굴의 소년. 아니 학교 수업을 작파하고 온몸으로 술을 마시던 전 존재가 술꾼이던 청년. 학교를 졸업하고는 의탁하고 있던 부천 누나 집에서도 나와 신당동 여관에서 혼자 살며 낮에는 무협소설을 대필해주고 밤에는 그 돈으로 술 마시는 것이 그의 진짜 직업이었다고 한다. 늘 무일푼이 되어서야 자유를 느낀다며 허청허청 을지로 길을 걷던 친구. 죽기 얼마 전에는 사모하던 여자 동창 앞에 새 잠바를 입고 나타나 "현숙씨 땜에 모처럼 새 옷을 입었노라"고 자랑했었다는 친구. 무연고자 묘역에도 봄이 오면 해마다 연한 풀이 푸릇푸릇 돋아나고 있다고 한다.

격렬 비행

2003년 10월 22일 오후 두시 오십오분. 늘 가는, 아니 일주일에 서너 번은 꼭 가고야 마는 내발산동 구한서 선생댁 슬래브 지붕 위에서 고추잠자리 한 마리가 급선회를 하더니 온몸을 프로펠러처럼 떨면서 한바탕 격렬 비행을 펼친 후 수명산 쪽으로 천천히 날아가고 있었는데, 잠자리가 사라진 푸른 하늘에서 아름다운 날개들이 바스라져내렸다.

관촌수필

소년 문구 형이 아직 어린 영조 형을 업고 뜰팡에서 구슬치기하는 꿈을 꾸었다.

그런데 그곳은 어디인가?

말

몽골 말들은 인간의 심장박동 수에 맞추어 길들여졌다고 한다
소년처럼 부푼 배를 내밀고 봉긋한 고원 위에 선 앳된 말이여

새벽 운동장을 돌다

새벽 운동장을 도는데 허리가 꼿꼿한 老할머니가 내 등에 대고 말했다. “가을 가지가 얼마나 맛있었으면 며느리가 혼자 딸까봐 시어미가 새벽부터 가지밭을 지켰겠느냐”고. 그러자 뒤따르던 초로의 젊은 할머니들이 눈꼬리를 길게 빼면서 이렇게 대꾸했다. “할머니, 가지밭이 아니라 자지밭 아니어라우?” “네끼 이년들! 숭헌 소리 말어라. 가지밭에 벌건 해 뜨겠다. 운동장이나 싸게 돌아라.”

최영숙

이 세상에서 가장 가난한 여자 하나가 저세상으로 갔다. 예쁜 딸 하나와 조촐한 시집 한 권, 그리고 약간의 부채를 남기고. 때는 2003년 10월 29일 오전 다섯시. 아니 10월 30일 오전이라고 해두자. 이제 아무도 그를 기억해주지 않을 것이기에.

노변정담

황석영씨 얘기 중에 좀 '센 구라'가 있었는데 그중 하나가 호랑이 발자국에 관한 것이었다. 그가 신혼 시절 우이동 계곡에 살 때 밤새도록 단편을 쓰다 지쳐 새벽녘 머리를 식히려고 방 밖으로 나오면 거기 눈밭 위에 호랑이 발자국이 성큼성큼 찍혀 집 주위를 한 바퀴 돈 뒤 산 쪽을 향해 일직선으로 뻗어 있더라는 것이었다. 아무도 믿으려 하지 않자 황씨는 주전자가 끓고 있는 뜨거운 무쇠난로를 장갑 낀 손으로 툭툭 치며 아니, 때맞춰 물 길러 나온 계곡 건너편의 나이든 무당도 엎드려 함께 보았노라며 다른 짐승들과는 달리 네발 달린 것들 중 호랑이만이 유일하게 일직선으로 걷는다며 틀림없이 백두대간을 타고 내려온 상서로운 호랑이일 거라고 우기는 것이었다. 그 말을 믿거나 말거나 밤새워 소설을 쓰고 있는 젊은 소설가 방 곁을 맴돌며 큰 코를 흠흠거렸을 호랑이를 생각하면 가난한 우리의 가슴들도 덩달아 따스해지는 것이었다.

'민중의 소리' 방송

노태우 대통령 시절, 너무 많은 수감 학생들로 인해 서울구치소가 잠시 해방구처럼 보일 때가 있었다. 그중 하나가 밤 여덟시면 일제히 쇠창살을 치면서 시작되는 학생들의 '민중의 소리' 방송이었는데 "투쟁! 투쟁! 투쟁!" 하는 쨍쨍한 구호와 함께 화장실 벽에 개구리처럼 찰싹 달라붙어 저 아랫배의 젖 먹던 힘까지를 짜내어 밤 허공에 대고 외치던 이 육성 방송은 그날따라 나의 입소를 환영하는 것이었다. "동지 여러분! 어젯밤 이시영 시인이 저 간악한 노태우 일당과 그 하수인인 안기부놈들에 의해 국가보안법이라는 천하 악법의 굴레를 쓰고 우리 구치소로 넘어왔습니다. 동지 여러분! 우리 모두 이시영 시인을 열렬히 환영합시다……" 운운의 그날의 방송 내용은 일일이 다 생각나지 않지만 정세 분석 및 토론에 이어 향후 소내 투쟁 지침 시달, 그리고 "여러분의 환영에 감사합니다" 어쩌구 하는 약간은 달뜬 나의 어눌한 답사로 끝을 맺었던 것 같은데 맨 마지막의 "투쟁! 투쟁! 투쟁!" 하는 선명한 구호와 함께 "동지 여러분! 그러면 안녕히 주무십시오"라는 서글픈 인사가 청계산 자락 깊은 밤하늘을 시큰하게 울리던 것만은 또렷이 기억할 수 있다.

듣독

동구 밖 정자나무 밑에는 동글동글한 소년 들독과 어른 들독이 함께 살았습니다. 식전 아침 소꼴을 베러 나가는 소년들이나 저녁 무렵 들일을 마치고 돌아오는 어른들이 으라차차 기분 좋게 들어올리던 그 들독들은 사람 때가 반질반질 묻어 새까맣게 윤이 나는데다 코가 뭉툭한 게 영락없이 사람 표정을 하고 있어 여간 정겨운 게 아니었습니다. 그 옛날 마을이 생길 무렵 어느 어른이 뒷산에서 캐어왔다는 그것은 원래 두레꾼의 가입 자격을 시험하기 위해 거기 놓였다는데 소년 두레꾼이 되기 위해서는 소년석을, 어른 두레꾼이 되기 위해서는 어른석을 어깨 너머로 넘겨야 했다고 합니다. 그 옛날 마을이 은성했던 시절, 백중날이면 달빛 그늘 아래서 더운 가슴을 드러내고 힘자랑을 하던 소년들과 껄껄 웃던 큰 팔의 어른들로 정자나무 밑은 기운이 넘쳐났습니다. 그 모진 사라호에도 살아남아 늙은 팽나무와 함께 마을의 모든 영욕을 지켜보았을 들독들, 매끄름하던 소년석의 얼굴도 이젠 나처럼 주름이 많이 졌습니다.

여의도의 봄

강변 주차장의 늙은 고양이가 게으른 앞발을 들고 지는 벚꽃을 보는데 벚꽃의 얼굴이 낮술 먹은 듯 해반주그레하다.

전방(轉房)

눈 내리는 날 아침에 12서하(舍下)에서 9서하 독방으로 전방을 갔다. 이튿날 운동 시간이었을 것이다. 밥 들어오는 식구통으로 누가 두더지처럼 불쑥 고개를 디밀고 물었다. “이선생, 어젯밤에 잘 잤어?” 서릿발 속 쥐처럼 까만 그의 두 눈이 또록또록 빛났다.

낮술

조태일 시인이 살았을 적이다. 마포추탕집의 그 쭈글쭈글한 냄비에 된장을 듬뿍 넣고 끓여 먹던 추탕이 생각난다. 아마 소주병을 수십 병째 쓰러뜨렸을 것이다. 술 취한 해가 비틀거리며 서산 허리를 꼴깍 넘어서야 끝나던 우리들의 술자리.

C선생, 화나시다

C선생이 집필실 겸해서 발안 행정리의 이문구 선생 집에 잠시 머물 때였다. 동네 개 중 한 마리가 C선생만 봤다 하면 요란히 짖어대는 통에 심사가 영 편치 않던 차에 이놈의 개가 이번에는 글쎄 방문 앞까지 바투 다가와 선생의 귀한 팔자수염을 향해 맹렬히 짖어대는 것이었다. 생각다못한 선생은 어느 날 발안 장에 나가 쇠고기 한 근을 끊어 와 적쇠에 노릿노릿 구운 뒤 그 개를 마당 수돗가까지 유인했다. 그런 다음 고기를 향해 막 달려드는 개의 앞다리를 두 손으로 움켜잡고 그 사나운 즘생의 입을 선생의 큰 입으로 왈칵 물어버렸다. 창자가 끊어지는 듯한 외마디 비명을 지르며 마당에 나가떨어진 개는 말할 것도 없거니와 구경하던 동네 사람들도 그만 혼절하고 말았는데 하여간 이튿날부터 동네 개들은 선생 앞에서 모두 고분고분해졌을 뿐만 아니라 저 멀리서 선생의 발짝 소리만 들어도 꼬리를 팍 내렸다고 한다.

어느 세배

새해를 맞아 어머님께 세배를 올리던 아들이 어머님 등뒤의 경대에 그득 쌓인 보약첩을 보고 말했다. “아이구 어머님! 이러시다간 가난한 소자가 먼저 가겠습니다요.” 그윽한 미소로 아들의 세배를 받던 어머님이 벌떡 일어나 외쳤다. “이런 불효막심한 놈 같으니라구! 저런 자식을 내 속으로 낳다니…… 다시는 내 집에 그림자도 얼씬하지 마라, 이놈아!”

2부

꽃

목련나무가 한겨울에 솜털 폭풍을 달았다
여차하면 하늘을 향해 발사하겠다는 듯이

K 이야기

K라고, P문화원 사건을 주도한 친구가 있었다. 89년 초겨울 내가 의왕리 서울구치소로 넘어가자 기다리고 있었노라며, 11사상(舍上) 볕 좋은 곳에 내 방을 잡아놓고 너 오기를 기다렸노라며 운동장 감시탑 아래서 팔짱을 끼고 껄껄 웃던 친구. 1월 1일이 되자 사람을 보내와 그의 방이 있는 병사(病舍)로 가보니 라면 박스 위에 차례상을 차려놓고 고향의 조상님과 민주 영령들께 차례를 올리자는 것이었다. 병사의 어른들과 다른 관구(管區)에서 온 학생들까지 빼곡한 방에서 어색하게 엉덩이들을 빼고 절을 올리고 있는데 소식을 듣고 헐레벌떡 보안과장이 달려왔다. “아니 지금 뭣들 하는 거요? 여기가 당신들 안방인 줄 알아? 당장 걷어치워요!” K의 진가가 드러나기 시작한 건 바로 그때였다. “이봐요, 보안과장! 당신 말이야. 우리가 개돼지로 보이는 거야 뭐야? 설날을 맞아 조상들께 절을 올리며 지나온 날을 반성하고 일신우일신(日新又日新)을 다짐하고 있는데 이 경건한 차례상을 걷어치우라고? 이게 당신들의 교도 행정이야, 뭐야? 권장은 못할망정이면 가만히나 있어. 가서 조용히 엎드려 있으란 말이야. 이놈의 구치소 다 깨부셔버리기 전에.” 일촉즉발의 상황이 지나가자 사위가 갑자기 꿀 먹은 듯 조용해졌다. 어색한 침묵을 깨고 K가 보안과장의 두터운 어깨에 손을 얹으며 말했다. “금년에는 승진도 해야 되는데 말이야……” 어디에 눈길을 주어야 할지 몰라 허둥대는 보안과장의 자라목 뒤에서 잔뜩 얼어붙었던 교도관들의 눈동자가 개개

이 풀리고 있었다. 그리고 등뒤 어디선가 드디어 큭큭거리는 웃음소리가 참지 못하고 들려왔다.

추모

늘 또각또각 걸어와 담배를 권하셨다. 담배를 태우지 않는다면 대신 포켓 깊숙이를 뒤져 껌을 꺼내 권했다. 79년 말 YWCA 위장 결혼 사건으로 보안사에서 앞가슴이 새까맣게 타도록 전기 고문을 받고 나와서도 토끼처럼 서러운 눈을 빛내며 집회장을 찾으셨던, 그러나 젊어 한때는 터키군 통역관이기도 했던 우리의 영원한 민주 투사 김병걸 선생.

따뜻한 사람

60년대 말 미아리 길음시장 골목, 불판을 놓고 벌어지던 따뜻한 담소가 생각난다. 밖에는 구죽죽이 겨울비가 내렸던가. 입대를 앞둔 S라는 놈이 마구 취해서 선생은 무슨 선생이냐며 너 나하고 맞먹자고 대들어도 소주잔을 들고 빙그레 웃기만 하던 교양 불어 및 초현실주의 담당 젊은 김현 선생.

반체제

조태일 시인이 광주서중 1학년 때였으니 1956년 어름이었을 것이다. 광천동에서 새벽밥 먹고 부리나케 걸어서 등교하던 조태일 소년이 이마에 송글송글 맺힌 땀방울을 식히며 막 그의 교실 복도로 들어설 때였다. 장학검열 나온다고 일주일 전부터 온 학생이 엎드려 마른걸레로 닦고 문지르고 그 위에 양초까지 발라 반질반질 윤을 낸 마룻바닥에 그만 꽈당 하고 넘어지고 말았다. 화가 머리꼭지까지 난 소년이 가방에서 잉크병을 꺼내 복도를 향해 내리꽂은 것은 아주 순식간의 일. 소식을 듣고 담임이 달려오고 두터운 안경을 쓴 교장이 오고 그때부터 조소년의 다른 인생이 시작되고 말았다는데, 믿거나 말거나 우리는 자기가 광을 낸 마룻바닥에 꽈당 하고 이마를 짓찧으며 넘어졌을 그 곰 같은 소년의 어이없는 표정이 떠올라 배꼽을 잡고 웃을 뿐이었다.

어느 토요일 오후 마포 생맥줏집에서 나해철 시인과 함께 들은 이야기

서중 복도 사건 이후 공부를 놓아버린 조태일 소년의 성적은 고3 졸업 무렵에는 급기야 반에서 58등까지 내려가 있었다는데요. 그 성적엔 어느 곳도 원서를 써줄 수 없다고 완강히 버티던 담임 선생님을 사흘을 찾아가 설득한 끝에 "59등에겐 절대로 이야기하지 않겠다"는 다짐을 한 뒤 가까스로 K대 국문과 원서를 쓸 수 있었답니다. 그러나 조태일이 원서를 써갔다는 소문이 학교 안팎에 안 날 리가 없는 법. 이번에는 59등이 담임을 찾아가 강짜를 부렸다고 합니다. "아니 58등은 써주고 59등은 안 써준다니 말이 됩니까?" 결국 59등도 J대 철학과 원서를 써가 그해 입시에서 나란히 합격했으니 어찌 좋은 일 아니었겠느냐며 조태일 시인은 마치 아미타불처럼 빙그레 웃으며 말하는 것이었어요.

화신극장

종로 2가에 화신극장이라고 있었다. 조조할인은 물론이고 1일 4회 공연으로 쇼도 보고 영화도 보는 곳으로 묵직한 커튼을 열고 들어가면 퀴퀴한 곰팡내가 났다. 이삼십 명쯤의 실업자나 룸펜, 학생들이 약 먹은 듯한 졸린 눈을 뜨고 앉아 쇼를 봤는데 그놈의 반짝이 옷을 입은 사회자의 입이 늘 문제였다. 마이크만 잡으면 "아, 아……"를 길게 빼면서 "만장하신 시민 여러분, 오늘도 조국 근대화 사업에 얼마나 노고가 많으셨습니까?"로 시작되는 그 인사말부터가 영 마음에 들지 않을뿐더러(아니 실업자 주제에 무슨 조국 근대화 사업이야?) 가수를 소개할 때도 꼭 "한국의 톱가수 이○○양" 하는 식이었다. 그리하여 "뜨거운 박수로 환영해주십시오"라는 간절한 부탁이 나와도 아무도 이에 호응하지 않았다. 점심을 꼴깍 굶어 기운도 없는 터에 초장부터 기분을 팍 상하고 들어갔기 때문이다.

날근이

석영이 형님의 재담 중에 '성남극장 날근이' 편이 있었는데 나는 그 날근이라는 이름이 좋았다. 키가 작달막한데다 쥐색 눈빛에 전문가처럼 빡빡 깎은 머리, 늘 극장 벽에 연식 정구공을 던져 튕겨나오는 재빠른 공을 오른손 왼손으로 번갈아 잡는 훈련을 했다고 하는데 실제 싸움판에 불려나갔다 하면 순식간에 튕겨져나가 비호처럼 가르며 상대편 오야지의 허벅지 사이를 움켜잡는 기술이 일품이라 사람들이 햐! 벌린 입을 다물지 못했다는데 그의 손에 한번 샅을 잡혔던 사람은 비명도 지르지 못한 채 업혀 나간 뒤 사흘 낮밤을 꼼짝없이 누워 지내야 했다고 한다.

아홉 켤레

흘깃 보니 윤홍길 형이 특유의 느린 동작으로 책상 위에 소지품들을 꺼내놓고 있었다. "아니, 이건 뭐야? 성남대단지라니?" "아 그건 제가 소설을 쓰기 위해 취재한 메몬데요." "아니, 왜 하필이면 주민 폭동이 일어난 성남을 대상으로 소설을 써? 당신 반체제지? 그리고 또 아홉 켤레는 뭐야?" "아 그건 주인공이 신을 구두인데요……" "아니, 이 사람이……"

1974년 11월 18일 저녁 종로경찰서 정보과 조사실. 고은 선생은 긴급 조치하에서, 그것도 백주 대낮 종로 한복판에서 일어난 문인들의 기습 시위에 놀란 서장인지 누구인지 모를 정복 입은 사람에게 무릎을 걷어차이고 있었고 송기원은 돼지 판 돈을 갖고 올라와 등록을 안 하고 거기 온 게 잘못이었고 나는 가방에서 나온 대학원 제출용 리포트 '이용악론'이 문제였다. "아니, 이 자식 이거 순 빨갱이 아냐? 너 이용악이 누구인 줄이나 알어?"

1974년 11월 18일 늦은 밤 종로경찰서 숙직실 골방. 설렁탕에 시뻘건 깍두기 국물을 쏟아 넣으며 누군가 물었다. "어이 윤형, 주인공이 왜 구두를 아홉 켤레나 갖고 있댜? 구두 수집광인감?" "아니 그건, 사실은 주인공이 대학 나온 사람인데……" 후루룩거리며 불어 먹는 설렁탕의 뜨거운 김으로 우리들의 안경에도 뽀얗게 김이 서리는 밤이었다.

동리댁(東里宅) 풍경

송기원이 감옥에서 나온 지 얼마 되지 않을 때였다. 새해를 맞아 문구 형님의 강권에 못 이겨 기원과 함께 모처럼 청담동 동리 선생댁에 세배를 갔다. 현관을 가득 채운 신발들부터가 예사롭지 않은데다가 넓은 거실에는 정종 주전자 고요히 끓는 소리와 함께 안온하고 화평한 얼굴의 세배객들이 딴 세상처럼 앉아 덕담을 주고받고 있었다. 처음 대하는 풍경이라 낯선 소년들처럼 신발장 곁에 쭈그리고 있는데 저 멀리서 동리가 정종 주전자를 들고 왔다. "거 이군은 말이야. 아직도 민중시 쓰나? 그리고 말이다. 거 송군도 한잔 받아라." 황급하게 무릎걸음으로 일어나 술잔을 받으며 송기원이 말했다. "아니 선생님께서 저에게까지 술을 주시니 고맙습니다." 그러나 동리가 그 환한 얼굴에 정색을 하면서 또렷이 말했다. "아이다. 쩌어기 있는 윤흥길씨가 자네에게 주는 잔이다." 그후 우리는 다시 동리 선생댁을 찾지 않았다. 문구 형님이 뒤에서 아무리 도끼눈을 부릅뜬다 해도.

장한몽

문구 형님을 생각하면 두 가지 풍경이 떠오른다. 해마다 설이 오면 훈훈한 김이 서린 청담동 동리 선생댁 안방, 발그레한 대추빛 얼굴의 선생 뒤에서 다소곳이 무릎 꿇고 앉아 정종을 데우던 모습하고, 시장터처럼 왁자지껄한 '월간문학' 사무실에서 송충이 같은 일자(一字) 눈썹을 꿈틀거리며 "요번 판은 누가 다 쓸었남?" 어쩌구 하면서 포커판을 기웃거리다가 "야 조, 너 덩치 좀 비켜봐라." 이번에는 직접 달려들어 몇 판씩 붙기도 하다가 어느 호젓한 창가로 돌아앉아 어둑한 대학노트 위에 밤새도록 얼어붙은 잉크를 찍어가며 써내려가던 그 긴 겨울밤의 『장한몽』 하며……

베를 날다

하늘이 흐리고 잔뜩 추운 날씨였다. 마당에 잿불 피워 놓고 양끝에 도투마리 걸어놓고 당숙모와 어머니가 하루 종일 코고무신 끌며 베를 날랐는데 저녁에 눈이 자로 내려 그 마당을 모두 덮었다.

이발사-장의사

마포초등학교에서 홀리데이 인 서울 가는 길에 이발사와 장의사를 겸하는 이발청이 있었다. 지나면서 보니 늘 바닥에 물을 뿌려 깨끗한 햇살을 불러모은 곳에 흰 수건이 보송보송 마르고 있었는데 청년들과 소년들은 겁이 나서 잘 가지 않고 죽음을 앞둔 노인들만이 즐겁게 드나들곤 하였는데 고개를 갸웃하게 들고 거울을 자주 보며 늙은 소년들의 상고머리를 정성껏 쳐올리고 있는 그의 뒷모습이 때론 가없는 성자 같아 보였다.

뽕

여의도에 '모아'라는 술집이 있었다. 이수인 선생을 따라 몇 번 간 적이 있다. 기타를 들고 봉봉 사중창단의 〈꽃집의 아가씨〉라는 반주에 맞춰 "우리집 아저씨는 똥 퍼요. 그렇게 잘 풀 수가 없어요……"라는 우스꽝스런 노래를 중간 중간에 "한 방울도 안 흘리고!" "철썩! 철썩!"이라는 후렴구를 넣어가며 유쾌하게 부르는 사과처럼 상큼하고 발랄한 목소리의 아가씨가 둘 있었다. 인기가 아주 좋아 자리마다 콧날이 시원하고 이마가 오똑한 그녀들을 모시기 위해 난리였으며 카운터 뒤에는 밤늦도록 그녀들의 노래를 듣겠다고 기다리는 단골이 많았다. 바로 거기서 손님들 술심부름도 하고 가끔은 대리운전도 해주는 핸섬하고 재바른 청년이 하나 있었는데 뜻밖에도 서울구치소 운짱들 방에서 만났다. 그런데 이 친구 나를 보자마자 대뜸 하는 말이 그 '희'와 '자'라는 자매 같은 계집애들을 자기가 다 먹었노라며 자기는 사실 '뽕'을 하는 사람으로서 뽕을 하면 그것도 세져 이튿날 훤히 동터오를 때까지 허스키한 그년들을 아주 녹초로 만들어주었노라고 마구 자랑을 해대는 것이었다.

박영근 시인

세상의 상갓집에 가장 늦게까지 엉덩이를 대고 앉아 있는 사람이 문구 형님이었다. 사람들이 직수굿한 그를 일러 호상 체질이라고 했다. 그런데 그가 죽자 아무도 그 곁에 오래 앉아 있지 않으려 했다. 다만 대취한 박영근 시인만이 얼떨결에 그 곁에서 이틀이나 밤샘을 하였다.

커다란 슬픔

의정부 송산시립묘지. 천상병 시인의 관을 막 하관하려고 할 때였다. 누가 갑자기 파놓은 묘혈(墓穴) 속에 뛰어들면서 소리쳤다. "상병아, 같이 가자!" 사람들이 달려들어 웃옷을 잡고 말렸으나 슬픔은 막무가내, 이별의 의식이 잠시 지체되었다.

제1회 민족문학의 밤

1978년 4월 성공회 서울대교구 강당. 경찰의 삼엄한 감시 속에 자유실천문인협의회와 백범사상연구소 공동 주최 제1회 민족문학의 밤이 열리고 있었다. 후끈한 열기를 가르며 사회자의 달뜬 목소리가 흘러나왔다. "반민주화투쟁에 앞장서신 성내운 선생을 모시겠습니다. 낭송할 시는……" 갑자기 청중석 여기저기서 큭큭거리는 소리가 들리더니 드디어 참지 못하고 와르르 웃음보따리가 터지고 말았다. "아니 반민주화투쟁이라니? 그러면 우리 성선생님도 반민주 인사 아냐?" 단상에 올라 막 옥중 시인 양성우의 「지금은 결코 꽃이 아니라도 좋아라」를 낭송할 예정이던 성선생님도 얼굴이 벌겋게 달아올랐지만 사회자인 젊은 소설가 이문구씨는 이미 홍당무가 되어 안절부절못했다. '반독재투쟁' '반유신투쟁'을 너무 자주 외치다보니 어느새 입에서 반민주화투쟁이 되어버린 것이다. 그후로 성내운 선생은 이문구씨만 만났다 하면 이렇게 놀리곤 했다. "어이 이선생, 요즘도 반민주화투쟁에 얼마나 노고가 많으시나?"

인연

한번 맺은 인연을 끊지 않고 이어가기 위해서는 얼마나 많은 정성을 들여야 하는가를 문구 형님을 통해서 배웠다. 가령 그는 이런 사람이었다. 1979년 여름 데모하다 잡혀 성동서 유치장에서 구류 살 때 그곳 정보과장으로 이성춘이란 분이 있었다. 하루에 한 차례씩 우리를 자기 방으로 불러 커피를 대접해주고 담배를 나눠주던 각별히 깨끗한 신사였는데 그곳을 나오자마자 나는 즉각 그를 잊어버렸다. 그런데 문구 형님은 그후로 그가 강동서, 구로서, 은평서를 거쳐 마지막에 종로서로 옮길 때까지 그 고마운 마음을 잊지 않고 지켜왔다. 그리고 그것은 상대편에서도 마찬가지였던 모양. 머리가 하얗게 센 그가 동숭동 마로니에 공원에서 있었던 문구 형님의 영결식에 조용히 참석해 있는 것을 보고 나는 깜짝 놀랐다.

우리 동네 장씨

문구 형님의 영정 앞에서 가장 오래 슬퍼한 사람은 향남면 행정리 이장이었다. 면소에서 열리는 이장 회의에 참석하러 가야 한다며 일어섰다가는 앉고 일어섰다가는 앉고 하면서 모자챙을 만지작거리며 살았을 때 그랬던 것처럼 형님과의 이별을 진심으로 아쉬워했는데 귀밑이 허연 그의 얼굴을 자세히 보니 젊은 시절 형님과 함께 논에서 우렁이를 건져 먹던 그 '우리 동네 장씨(張氏)'였다.

어느 문상

천규석 선생이 상배(喪配)를 당해 천호동 어느 병원에서 문상을 받을 때였다. C선생님이 물어물어 그곳에 간 것까지는 좋았는데, 그리고 추운 빈속에 맑은 소주를 몇 잔 털어넣은 것까지도 좋았는데 이런, 아침에 깨어보니 그가 와 있는 곳이 뜻밖에 경상도하고도 머나먼 창녕 땅이라, 깜짝 놀라 이게 어찌된 일이냐고 물으니 상주는 슬픔으로 말이 없고 그 옆의 나이 지긋한 사람이 바로 코앞에 파헤쳐진 장지(葬地)를 가리키며, 선생님께서 술에 취해 하도 애통해하시길래 망자와 가까운 인척지간일 줄 알고 어젯밤에 차로 이리 모셔왔노라고 아주 정중히 말하는 것이었다.

김정환

월드컵 한국-폴란드전이 막 열리려고 하는 6월 초순이었다. 집에 가서 빨리 텔레비전을 켜려고 잰걸음으로 불교방송 옆 도화소공원 앞을 지나치는데 거기 맞은편 마포곱창집에 웬 낯익은 뒷모습의 사내가 앉아 스님과 함께 그런 것하고는 아무 상관없다는 듯이 유쾌한 대작을 하고 있었는데, 김정환이었다.

덴찌(電池) 이야기

손춘익 선생 얘기 중에 '덴찌 이야기'가 있었다. 그 옛날 초가지붕들이 즐비하던 시절, 저녁밥 먹고 하릴없는 농촌 소년들이 전지를 들고 집집의 처마밑을 들쑤시고 다닐 때였다. 일렁이는 불빛에 놀란 할아버지가 사랑방 문을 열고 소리쳤다. "얘들아, 불조심해라. 불조심!" 소년들이 일제히 참새처럼 입을 모아 대답했다. "할아버지, 이건 덴찌예요. 덴찌!" 할아버지가 이에 지지 않고 느릿하게 대꾸했다. "덴찌라도!"

하이볼

오랜만에 듣는 윤홍길 형의 이야기는 조곤조곤 맛있었다. 1960년대의 어느 무렵 전북 이리의 한 예식장에서 소설가 박경수 선생을 초청해 문학 강연을 열기 위해 잠시 다방에 대기중일 때였다. 강연 시간이 가까워오자 지금껏 멀쩡하던 선생이 갑자기 안절부절못하고 일어섰다 앉았다를 반복하며 초조한 기색이 역력한지라 이리의 문인들이 그에게 하이볼을 몇 잔 권했다. 그런데 연단에 오른 박선생이 벌게진 얼굴로 청중을 빤히 노려보더니 주먹으로 꽝 하고 탁자를 내리치면서 외쳤다. "문학이란 무엇이냐?" 앞자리에 앉은 사람들이 똥그란 눈들을 치뜨고 연사를 쳐다보자 이번에도 또 한차례 그 두터운 주먹으로 부서져라 탁자를 내리쳤다. "왜 문학을 하느냐?" 그러고는 그만 스님처럼 묵묵부답이었다. 한 오 분쯤 시간이 흘렀을까. 박선생이 한 손으로 상체를 싸안으며 "가슴이, 가슴이……"를 연발하더니 연단 아래 출구(EXIT) 쪽을 향해 냅다 달리기 시작했다. 깜짝 놀란 청중석이 일시에 조용해지며 벌린 입을 다물지 못하고 있는 사이, 역시 얼굴이 벌겋게 상기한 윤홍길 형이 곧바로 그의 뒤를 쫓았으나 순식간에 자취가 막연했다. 낭패한 심정으로 긴 골목을 돌아 나오는데 한 초입의 술집에서 그의 뒷모습이 잡혔다. "아니 선생님 이러시면 안 됩니다. 어서 들어가시지요." 그런데 선생의 그다음 대답이 좀 걸작이었다. "어이 윤형 거기 앉어봐. 우선 한잔 받고. 그런데 말이지. 오늘 내 강연이 처음부터 견강부회가 좀 심했지?" 결국 그날의 강연은 거기까지로 마감했다고 한다.

고무신의 사표

그 옛날 경주에 고무신이라는 시인이 있었다. 자칭 본업이 문학이고 부업이 중등학교 교사인지라 허구한 날 시 씁네 하고 결근 아니면 지각이었다. 그런데 이 양반 최선의 방어는 최대의 공격이라는 것은 어찌 알았던지 주머니 속에 항상 사표를 써서 넣고 다니다가 교장이 부르면 가서 제 쪽에서 오히려 바르르 화를 내며 "이거 내면 될 거 아이가!" 하면서 호기롭게 사표를 던졌다고 한다. 그때마다 사표를 앞에 두고 난감해진 교장이 오만상을 찡그리며 창밖으로 고개를 돌리는 사이 고무신은 흰창이 많은 눈을 옆으로 치뜨며 "안 받을 모양이제?" 하면서 얼른 그것을 빼뜨려 주머니에 넣으며 잰걸음으로 교장실을 나왔다고 하는데 하도 많이 넣었다 뺐다를 해서 그의 사표는 휴지처럼 너덜너덜했다고 한다.

시인의 흉상

김수영 시비가 도봉산 아래 그의 선영(先塋)에 있을 때였다. 20주기를 맞아 창비사에서 펴낸 시선집 『사랑의 변주곡』을 헌정하러 묘소를 찾았더니 간밤 어느 엿장수가 시비에 동판으로 돋을새김한 그의 흉상을 수거해가 버리고 없었다. 6월의 훈풍 속에 서서 김수명 선생이 혀를 차며 기막혀했지만 나는 옆에서 자꾸 터져나오려는 웃음을 참을 수가 없었다. 그의 시 「거대한 뿌리」에 나오는 구리개 약방, 장전, 종묘상과 더불어 애 못 낳는 여자, 곰보, 애꾸 등이 생각났을 뿐만 아니라 캄캄한 여름밤, 역시 캄캄한 심정으로 묘 앞에 쭈그려 앉아 생전 처음 보는 부리부리한 눈의 시인의 구리 흉상을 도려내고 있었을 그 엿장수의 시큰한 모습이 떠올라 더욱 안쓰러워졌기 때문이다.

강아지 한 대

이불솜들을 뽑아 벽에다 가지런히 붙이고 볼펜 끝에 단단히 박은 라이터돌을 강철 조각에 강력히 부딪쳐 스파크를 일으키면 거짓말처럼 목화솜들이 나울나울 타올랐다. 아, 하루의 잠자리에 들기 전 붙여 문 강아지 한 대의 맛이라니! 한방의 감방 동료 여덟 명이 돌아가면서 한 모금씩 남김없이 삼켰다. 그때마다 어김없이 뺑끼통을 타고 들려오는 옆방 도둑놈의 자지러지는 목소리. "워메 미치겄구만이. 저 냄새…… 엄니, 고향에 가고 잡아 죽겄어라우."

의왕시의 봄

봄이 오면 청계산의 산토끼들도 새 풀을 찾아 서울 구치소까지 내려와 그 작은 앞발로 높은 시멘트 담벽을 마구 파헤치는 것이었다.

전화

사업을 하는 임형에게서 오랜만에 전화가 왔다. "월요일 아침부터 미안한데, 단돈 백만 원이라도……" 성서 공단에서 휴대폰 부품 사업을 하는데 사업이 초읽기에 들어간 모양이었다. "월요일 아침부터 정말 미안해……" 전화기 저 너머로 그의 단호한 굵은 뿔테 안경이 보이는 듯했다.

소풍

경북 경주시 안강읍의 한 야산 방역복 입은 사람들을 따라 줄레줄레 소풍을 나왔던 오리들이 어느덧 한 구덩이에 들어앉아 서로의 말간 눈을 보고 있다. 곧 검붉은 흙이 그들 위에 쏟아져내릴 것이다. 그러나 오리들은 의심하지 않는다. 오늘처럼 상쾌한 들바람을 마셔본 건 정말 처음이었기 때문이다.

황길산

80년대 초 대구지법에서 열린 고은 선생 재판을 보러 가서 그곳의 한 술집에서 집단으로 하룻밤을 지낼 때였다. 노래를 부르다보니 어느덧 새벽녘이었고 잠깐 눈을 붙이고 일어나보니 벌써 훤한 아침이었다. 그런데 서둘러 옷을 입으려고 보니 이런, 벽에 걸어두었던 웃옷들이 모두 없었다. 간밤 어느 통 큰 도둑이 들어와 휘젓고 다니며 수거해가버린 것이다. 모두들 난감해하며 서로의 얼굴들만 빤히 보고 있는데, 무사한 사람이 딱 둘이었다. 오바를 입고 가죽장갑을 낀 채 방문 바로 앞에서 잔 석영이 형과 어느 출판사에서 받은 계약금이 든 송기숙 선생의 어깨끈 달린 허름한 가방을 베개 삼아 베고 잔 문구 형이었다. 사람들이 석영이 형과 문구 형을 가리키며 도둑이 어찌 두 사람만 비켜갈 수 있느냐며 '근자지 소행'이 분명하다고 놀렸더니 문구 형은 웃으며 가만히 있었고 석영이 형은 가죽장갑 깍지 낀 손을 탁탁 치며 "아니, 근자지 소행이라니? 도둑도 사람을 알아보고 아, 이분은 건드려선 안 되겠구나 싶어 건너뛴 게 아니겠느냐"며 사람은 잠들어서도 역시 인품이란 게 따로 있는 모양이라고 황길산처럼 껄껄 웃으며 말하는 것이었다.

1974년 11월

1974년 11월 18일 오전 열시 지금의 교보빌딩 자리인 세종로 의사회관 계단. 고은 선생이 '자유실천문인협의회 1백1인 선언'의 결의문을 읽고 있었다. "언론 출판 집회 결사 및 신앙 사상의 자유는……" 경찰이 들이닥쳐 고선생의 입을 틀어막고 그의 팔을 사정없이 나꿔채 갔다. "우리는 중단하지 않는다"는 플래카드를 펼쳐 든 내 뒤에서 석영이 형이 급박한 목소리로 나머지 대목을 읽어나갔다. "서민 대중의 기본적 생존권을 보장하기 위한 획기적……" 이번에는 당황한 경찰이 그쪽으로 몰려가 그를 막 덮치려고 할 때였다. 스크럼을 짠 30여 명의 문인들이 "유신헌법 철폐하라!" "시인 석방하라!"는 구호를 연달아 외치며 완강히 저항하자 경찰이 곤봉을 꺼내어 마구 휘두르기 시작하면서 그날의 집회는 끝났다. 그리고 양쪽 겨드랑이를 단단히 잡힌 채 철망이 쳐진 경찰 호송차에 오르자 거기에 당연히 있을 줄 알았던 석영이 형이 보이지 않았다. 버스가 출발하면서 보니 건너편 보도 위에서 그가 V자를 그려 보이며 유유히 웃고 있었다.

아침 선박(船舶)

1964년 1월 1일 아침 청량리역 근처 신문 가판대 옆, 경향신문을 펼쳐 든 청년 조태일은 그만 정신이 아뜩하여 까무러칠 뻔하다가 간신히 전봇대를 잡고 멈춰 섰다. 그리고 하늘을 봤다. 거기 1면에 그의 시 「아침 선박」이 신춘문예 당선작으로 커다랗게 실려 있었기 때문이다.

타는 목마름으로

1982년 6월 시집 『타는 목마름으로』를 '납본필증' 없이 사전 배포했다고 하여 이틀간 안기부 조사를 받은 뒤 풀려날 때였다. 퇴계로에서부터 트럭 하나가 우리 뒤를 따라붙더니 중앙청 문공부까지 따라오는 것이 아닌가. 수사관들과 함께 어느 국장 방으로 갔더니 백지를 내밀며 '재산포기각서'를 쓰라고 했다. 그 트럭에는 시중 서점에서 압수한 1만여 권의 시집이 실려 있었던 것이다. 그날 저녁 원효로 경신제책에선 나와 수사관들이 지켜보는 가운데 지형과 함께 시집 1만 권이 분쇄되었는데 분쇄기를 직접 잡은 김상무의 엄지손가락 없는 오른손이 마구 떨었다. 그리고 일주일 후 김상무에게서 폐휴지값 5만 8천 원이 나왔으니 찾아가라는 연락이 왔다.

포대령(砲大領) 이야기

소설 「포대령」이 군의 명예를 현저히 실추시켜 전면 삭제해야겠다는 문공부 간행물심의실의 통보를 받았다는 얘기를 천선생께 그대로 전해드렸더니 천선생 왈 "이런 개새키들, 내 이놈의 군바리 새키들을 포로 박살내버리겠다"며 노발대발하셨다는 얘기를 또 그대로 간행물심의실장에게 전했더니 처음엔 붉으락푸르락하던 얼굴빛이 이내 뜨악한 표정으로 바뀌더니 이후엔 가타부타 다시 말이 없었다.

건망증

송기원이 실천문학 주간으로 정신없을 때 그는 멀쩡한 제 명함에다 문구 형님 집 전화번호를 찍어 다녔다. 덕분에 문구 형님 집에선 밤이나 낮이나 걸려오는 그놈의 "송기원씨 좀 바꿔주세요"라는 천하 술꾼들의 전화질 때문에 생몸살을 앓았다고 하는데, 그런데 그보다 더 심한 경우가 당시 중앙일보 문학 담당 임재걸씨였다. 그는 수시로 그런 송기원에게 전화를 걸어 "거기 임재걸씨 있습니까?"라고 물어 그때마다 그를 깜짝깜짝 놀라게 했다며 그에 비하면 자기는 정말 아무것도 아니라고 송기원은 펄쩍 뛰면서 얘기하는 것이었다.

잠실시영아파트 살 때

강동서 또박이 이형사가 밤중에 YWCA 위장 결혼 사건으로 조사할 게 있다며 나를 잡으러 왔길래 오늘은 밤도 늦고 대취해서 갈 수 없으니 내일 아침에 다시 오라고 돌려보냈더니, 이 친구 아침에 정말로 다시 와서 맨숭맨숭한 얼굴을 들이밀며 같이 가자고 하는데 그 얼굴이 죽이고 싶도록 미웠다.

김장환씨

5공 때 소위 예술계 담당으로 김장환씨가 있었다. 어떤 사람이냐면 주의력이 좀 부족했는데, 주의력이 없기는 그의 친구들도 마찬가지였던 모양. 그가 사는 아파트로 찾아가 "여기 안기부 다니는 김장환씨 집이 어디냐?" 고 물어 그로 하여금 여러 차례 이사를 다니게 했다 한다. 그런데 그는 또 엉뚱하기도 해서 "고은 선생이 불교를 믿느냐?" "백낙청 선생은 미국서 학교를 다녔으니 영어를 잘하느냐?" 따위 말도 안 되는 질문들을 해 나를 실없이 웃겼는데, 『타는 목마름으로』를 찍어 납본했을 때는 너무나 진지한 표정으로 내 앞에 얼굴을 바싹 들이대고 물었다. "이형, 몇 부나 찍었어? 바른대로 얘기해야 해!" 내가 2천 부라고 대답하자 그대로 위에 보고한 모양이었다. 그런데 일이 잘 안 되려고 며칠 후 사전 배포로 사건이 터지고 2천 부가 눈덩이처럼 불어나 2만 부가 되자 그는 부서회의를 하다 밖으로 쫓겨났다고 한다. "야, 김장환 너는 나가 있어 짜샤. 너 지금 여기가 어디라고 앉아 있는 거야?"

수사국에서 며칠을 보내고 나오자 이번엔 마포의 회사 앞에서 그가 나를 잔뜩 벼르고 있었다. "야 이시영, 너 나한테 이럴 수가 있어? 뭐, 2천 부? 그래 고작 십분지 일이야?" 그러나 그때뿐이었다. 그는 또 예의 그 엉뚱한 질문들을 해대기 시작했다. "그런데 맞지는 않았어? 아프지는 않어?"

1982년 여름

1982년 초여름 정본 김지하 시선집 『타는 목마름으로』를 만들어 에라 모르겠다, 삼수갑산을 가더라도 한번 원없이 팔아나보자며 그 무슨 문공부 납본필증 같은 것도 없이 전국 서점에 배포해버렸겠다. 아니나 다를까, 5년 가뭄에 단비 만나듯 시집은 그야말로 타는 목마름을 적시며 날개 돋친 듯 팔려나갔는데 이런, 연대 앞 어느 서점에서는 좀 흥분한 나머지 리어카에까지 싣고 들어가 학교 안에서 팔다가 안기부에 덜컥 걸리고 말았다. 그리고 나는 출근길에 곧장 남산으로! “너 이 새끼, 바른대로 말해! 몇 부 찍었어?” “2천 부 찍었습니다요.” “뭐야 이 새꺄, 2천 부? 너 우리를 뭘로 보는 거야? 우리가 지금 교보문고에서 확인한 것만도 2천 부가 넘어 이 새꺄!”

결국 원효로 경신제책사를 급습한 수사진의 개가로 2만 부 제작 사실이 밝혀지고 말았다. 그리고 이튿날 새벽까지 그 지하실에서 내가 겪은 수모는 말로 다 할 수 없다. 다만 하나, 입술이 퉁퉁 부어 있는 나에게 아침부터 까치처럼 반가운 손님 한 분이 찾아왔다는 것. “얘들이 이거 이선생을 영 말이 아니게 만들어놨네. 우리에게 오신 손님을 이렇게 대하면 쓰나……” 그러고는 재빨리 나를 끌고 화장실로 들어가며 쥐의 눈빛으로 말했다. “오늘 나갑니다.”

회비 노트

송기원이 사무실 없는 '자유실천문인협의회' 가방 총무 시절 직인, 회비 노트, 성명서 등이 든 그 살림 가방을 들고 애인과 함께 원천호수에 놀러갔다가 그곳에 빠진 적이 있다. 술 먹고 외나무다리를 건너다 아차 하며 미끄러진 것인데 애인을 구하자니 가방이 떠내려가고 가방을 건지자니 애인이 푸푸거리며 가라앉아 혼났다고 하는데, 뜨악한 표정으로 줄 던져놓고 졸고 있던 낚시꾼들이 박장대소하며 달려와 사람과 가방을 모두 차례대로 건져주었다고 한다. 덕분에 그 이듬해에 내가 물려받은 회비 노트는 잉크가 파랗게 번져 도대체 누가 언제 얼마를 냈는지 볼 수가 없었다.

아버지의 모자

아버지 돌아가시자 아버지를 따르던 오촌당숙이 아버지 방에 들어가 한참 동안 말이 없더니 아버지가 평소 쓰시던 모자를 들고 나오면서 이렇게 말했다. “오늘부터 이 모자는 내가 쓰겠다.” 그러고는 아주 단호한 표정으로 모자를 쓰고 사립 밖으로 걸어나가시는 것이었다.

국밥

어린 상주 시절, 어머니 돌아가시어 아직 안방 병풍 뒤에 말없이 누워 계시는데 어찌 그리 배가 고프던지 이두박근 상두꾼들처럼 추운 봉당에 내려앉아 "앗 추워! 앗 추워!" 해가며 털이 숭숭 돋은 비계를 시래깃국에 듬뿍 넣고 끓인 얼큰한 돼지고기 국밥말이를 게눈 감추듯 한 투가리 뚝딱 해치우고 싶었다.

베스트셀러 시인들을 위하여

누구나 다 한때는 순결한 영혼들이었다. 독자들이 그 영혼에 입맞추자 그들은 곧 배부른 돼지들이 되어 부끄러움도 잊고 제 분홍 머리들을 서점의 진열대 위에 올려놓은 채 호호 웃고 있으니 우리가 이제 싸워야 할 대상은 민주주의의 적이 아니라 바로 저 상업의 노예들인지도 모른다.

* '호호 웃는 돼지머리' 이미지는 이성복의 시집 『아, 입이 없는 것들』 139쪽에서 빌려왔다.

리치몬드 제과점

내가 좋아하는 T. S. 엘리엇의 시구에 그런 것이 있었다. “전차와 먼지투성이 나무들./하이베리가 나를 낳고 리치몬드와 큐우가/나를 망쳤네.” 『황무지』 ‘Ⅲ. 불의 설교’ 편이었을 것이다. 대학교 초년생이던 나는 청바지 뒤포켓에 포켓판 엘리엇 시집을 넣고 다니며 그 구절을 외우곤 했다. “리치몬드와 큐우가/나를 망쳤네.” 그런데 그 리치몬드가 마포에도 있었다. 80년대 초·중반 내가 아침마다 술 취한 머리를 흔들며 출근하던 골목길 초입, ‘창작과비평사’를 꼭 ‘창작과비판사’라 고쳐 부르는 본서 파출소 옆에 영국식 정장 차림으로 묵직이 제과점 간판을 달고 오븐에서 막 첫 과자를 꺼낸 듯 고소한 냄새를 맡으며 골목을 오르면 중풍 걸린 사내가 지팡이를 짚고 내려오다 나만 보면 꼭 가래침을 뱉었다. 그것을 신호로 하루는 늘 언성 높은 싸움으로 시작해서 지끈거리는 오후로 마감하는 것이었지만 그래도 간혹 누가 전화를 하면 나는 달뜬 음성으로 거기 마포서 옆 리치몬드에서 기다리라 해놓고 부리나케 달려 내려가곤 했다. 영국 제과학교를 정식으로 나와 늘 말끔한 얼굴과 위엄 있는 태도로 주문을 받던 주인. 지금도 리치몬드를 생각하면 첫사랑의 애인처럼 달콤한 군침이 돈다. 전차가 다니던 시절에 들어선 후 아직도 의젓이 버티고 선 귀밑머리 허연 리치몬드 제과점. 엘리엇의 다음 시구는 이렇게 이어진다. “리치몬드가에서 나는 무릎을 치켜올려/좁은 카누 바닥에 드러누웠었지.//내 발은 무어게이트에, 내 마음은/나의 발밑에. 그 일이 있은 뒤/그는 울었지. 그는 새 출발을 약속했지만/나는 아무 말도 안 했어./무엇을 내 원망하랴?"

유정다방

송기원이 월간 바둑에 근무할 때였다. 천상병 시인이 그의 부인을 모시고 와 아래층 다방에서 그를 불러냈다. 그러곤 그동안 자기를 많이 도와준 분이라며 부인에게 인사시킨 후 따끈한 커피를 대접하였다.

친구들

송기원 어머님이 돌아가시어 아들도 없이 낯선 땅 외진 곳에 묻힐 때 우리는 그 어머님 앞에서 이렇게 다짐했다. 이담에 아들이 감옥에서 나오면 반드시 정든 땅 볕 좋은 곳으로 옮겨드리겠다고.

어제 불던 바람

태순이 형님의 소설은 언제나 진지하였다. 그가 서울신문에 연재하던 『어제 불던 바람』도 그러하였는데 여주인공 유이안과 또다른 남자 주인공이 여관에 들어가서도 해방 직후 임정 노선이 옳았느냐 박헌영 노선이 옳았느냐로 밤새도록 토론이 그치질 않았다. 갑갑한 송기원이 그만 술자리에서 울컥 토해내고 말았다. "아니 형님, 여관에 들어가면 일단 한번 붙고 봐야 되는 거 아닙니까?" "뭐야, 이 새끼야!" 콩비지찌개가 냄비째 엎어지고 안경알처럼 투명한 소주잔이 쨍그렁하고 천정에 가 붙었다가 발아래 박살난 건 아주 순식간의 일이었다.

서울의 봄

송기원이 '서울의 봄'을 맞아 분주할 때 중앙대학교 교정에서 강의를 마치고 느릿느릿 걸어내려오던 천하태평의 서정주 선생을 우연히 만났다. "아아 부처님께서 나를 어여삐 녀겨 자네를 내게 보내주신 몬양일세." 어쩌구 하며 서정주 선생은 그의 손을 잡고 목련꽃 핀 연못시장의 한적한 술집으로 향했다. "선생님 저 지금 무지하게 바쁜데요. 다음에……" "아닐세. 자네를 만난 기념으루다 딱 한 잔만일세." 송기원은 그 딱 한 잔만을 마시고 신라 말년 같은 선생의 그 느려터진 웃음을 뒤로하고 부랴부랴 최루탄 연기 자욱한 교정으로 올라갔다고 한다.

영도

시골 살 때 영도라는 재간둥이 친구가 있었다. 동네 사랑방에서 늘 그에게 닭서리를 시키는 응삼이 기삼이 형제가 있었는데 그날 밤은 눈도 자우룩이 내렸겠다, 미운 응삼이 기삼이 형제네 집 닭을 다섯 마리나 해다가 가마솥에 푹푹 삶아 백숙으로다 맛있게들 나눠 먹었다고 한다. 그런데 이튿날 아침 응삼이 형제가 아무 영문도 모른 채 앞서거니 뒤서거니 제 집 사립으로 들어서자 어디서 난데없는 불호령과 함께 아버지가 호랑이 수염을 화르락거리며 뛰쳐나왔다. “에라 이 닭 도둑놈들아, 훔쳐 먹을 닭이 없어 하필이면 내 집 닭이란 말이냐? 에라 이 숭헌 놈들아!” 그날 밤 눈밭 위에 또렷이 찍힌 발자국은 말하자면 응삼이 기삼이 형제의 천하 소도둑놈 같은 커다란 신발 자국이었던 것이다.

어느 세밑

한 해도 저물어가는 어느 세밑, 송기원과 함께 모처럼 마음먹고 선생댁을 찾았더니 그날따라 선생은 맥주에 취해 주무시고 머리 허연 파파 할머니 한 분이 마당을 가로질러 나와 어디서 많이 뵌 분들 같은데 도무지 생각이 안 난다고 까치처럼 고개를 주억거리며 말하는 것이었다.

예술대학장 김동리

1980년 4월 중앙대학교 예술대학장 김동리는 퇴근 후면 집에 돌아와 이렇게 말했다곤 한다. “송기원은 쩌어기 아래서 데모허구 나는 수업하다 왔지. 송기원은 쩌어기서……” 그 말을 하도 들어 손소희 선생은 다음 구절을 다 외웠다고 한다. “나는 하루종일 전공 연습 수업하다 왔지.”

강은 흘러서 바다로

어느 원로 소설가의 교정쇄를 보고 있을 때였다. 『강은 흘러서 바다로』. 남녀 주인공이 마침내 강언덕에 이르러 서로의 몸을 막 탐하려고 하는 순간이었는데 지금껏 잘 나가던 작가의 붓끝이 갑자기 어색해하며 기차 화통처럼 와락 한번에 달아올랐다가 비칠비칠하더니 옆으로 쓰러지며 이렇게 마감하는 것이었다. "그들은 대강대강 그러하였다."

세모

연말이 되면 동일인쇄 박상무님이 정종을 한 병 안고 오셨다. 주전자에 데워 따끈하게 나눠 마시며 온 날을 돌아보고 새날을 다짐하곤 했지. 가난하고 가난했던 시절의 '창비' 망년회.

겨울밤의 서사

비촌 매형을 다루는 밤은 아이들이 더 숨을 죽였다. 너른 대청마루에 불이 환하게 밝고 건넛방엔 동네 장정들이 꽉 들어차 신랑과 막 수인사를 트기 직전이었다. 후끈한 안방의 미닫이를 열어젖히고 새된 목소리가 넘어왔다. "아따 오빠들 살살 좀 허씨요 잉…… 우리 점순이가 애가 타 죽겄다요 이!……" "뭐시라고야? 택도 없는 소리 말거라 잉. 양순이 너는 느그 신랑이나 잘 챙겨라 이…… 아까 본께 정미소 마당에서…… 그란데 이보시오 신랑, 본관은 어디이며 고향은 또 어디메고 오늘은 무슨 일로 여기 요로코롬 납시었다요?" 일행 중 좌장 격인 준식이 형님이 나지막한 소리로 물었다. "쩌어기, 본관은 짐해 짐가며 고향은 또 어디 보자, 여그 전라도허고도 승주군 황전면 비촌리라…… 오늘 함진애비를 따라 이 댁에 장가들고 접어 왔소." "아따 이거 신랑이 보통 솜씨가 아니구나. 첫 대목부터가 판소리 가락이로구나. 송만갭이가 살어왔냐, 림방울이가 날어왔냐? 거, 목이 칼칼허다. 술 한잔 쳐라!" 커다란 오지 항아리를 휘휘 저어 걸쭉한 막걸리 한 사발을 들이켠 후 준식이 형님이 대거리를 이어갔다. "함진애비는 그러면 어디 갔소?" "아따 나를 내려주고는 싸게 안 가부렀소." "그러면 신랑도 따라갈 일이지 왜 여기 요로코롬 앉어 있는다요?" "아 저그 안방에 있는 점순씨가 귓속말로 이따가 좀 보고 접다 해서……" "야 이 점순아 참말이냐?" 안방의 미닫이문이 다시 열리면서 한결 더운 목소리가 넘어왔다. "아따 오빠들 그만들 허씨요 잉. 우리 짐서방이 머나먼 길을 노새도 없이 부르트도록 걸어와서 다리가 아파 죽겄다요 이."
"아따 그러면 잘돼얐다. 다리를 좀 주물러줘야겄구나. 어이 용만이 저그 대들보에 신랑을 묶고 반질반질한 홍두깨로 발바닥을 서른 대만 쳐주소 이."

문을 열자 와락 찬바람이 몰려오고 달아오른 얼굴들이 대청마루로 신랑을 끌고 나와 광목 줄로 대들보에 단단히 묶었다. 그리고 간간이 터져나오는 "아이구 어머니!" 소리를 간주(間奏)로 "하나에 둘이요, 셋에다 넷이로구나"라는 흥겨운 가락에 맞춰 발바닥 매질이 거의 스무 개를 채워갈 무렵이었다. 안방 문이 후다닥 열리고 연지 곤지 찍은 신부가 버선발로 뛰쳐나와 신랑 앞에 엎어지며 염치 불고하고 울어제끼는 통에 그날의 신랑 다루기는 끝났다. 그리고 거 뭐시냐, 겨울밤의 서사도 차거운 별빛과 함께 깊어갔다.

겨울밤의 서사—후기(後記)

오랜만에 본 비촌 매형은 많이 늙어 있었다. 그러나 잇사이로 젊은 날의 미소가 흘러나왔다.

토일 드라마

토요일 오후였다. 구속 영장이 떨어져 정식으로 입감 절차를 밟기 위해 남산 안기부에서 중부경찰서로 막 넘어갔을 때였다. 유치장 이층의 타원형 빈방 앞에 가서 있다가 경찰이 따주는 철문을 열고 들어가 철커덕 하고 구속되는 순간이었는데 장터 마당처럼 시끌벅적할 줄 알았던 유치장 안이 그날따라 쥐 죽은 듯 조용했다. 자세히 내려다보니 아래층 한가운데 책상 위에 커다란 TV가 놓여 있고 "잘났어, 정말!"이라는 말을 유행시킨 당시 장안의 인기 드라마가 한창 방영중이었는데 재소자 일동은 물론 경찰관들마저 TV 앞에 모두 숨을 죽인 채 정말 개미 새끼 한 마리 얼씬거리지 않았다.

고향 사람

고향 근처인 남원 출신으로 가슴이 떠억 벌어지고 고혈압이 있으며 말할 때마다 두툼한 목이 자라처럼 쑤욱 들어갔다 나왔다 하는 안기부 대공 수사요원이 있었는데 피의자 차림인 내 군복 윗도리의 아래 단추를 만지작거리며 이번에는 꼭 목 끝까지 채워서 구치소로 넘겨주겠노라며, 자기는 사람 잡아넣는 것이 취미라며 정말 단추 같은 눈으로 싸늘히 웃으며 말하는데 만정이 떨어지는 것이었다.

문화 스피커

5·16 직후 아직 전기도 들어오지 않던 시절, 우리 마을 근대 이장 리삼식씨의 첫번째 야심 사업은 이른바 문화 스피커 설치였다. 며칠에 걸쳐 집집마다 사랑채 혹은 안방 마루 기둥까지 전선이 연결되고 작은 벌통 같은 스피커가 달렸는데 덕분에 마을 사람들은 아침 여섯시부터 "새 아침이 밝았네" 하며 울려퍼지는 새마을 노래로부터 '오늘의 영농일지' '오늘의 기상정보' 그리고 "박정희 대통령께서는……"으로 시작되는 강한 악센트의 뉴스를 생활적으루다 유익하게 청취했을 뿐만 아니라 간혹 "동민 여러분께 알려드리갔습니다. 오늘 멘이서 질소 비료가 나왔습니다요. 각 가정 세대주께서는 인장을 지참코 오전 열시꺼정 삼태기를 갖고 마을회관으루 다 나와주시면 고맙겠습니다요"라는 근대 이장 리삼식씨의 육성 방송을 직접 듣기도 했다. 그리하여 그 옛날부터 있어왔던 마을 고지꾼의 "거 신작로 앞으루다 부역들 나오시우!" 하는 전근대적인 풍습은 영원히 사라지고 말았던 것인데, 문제는 '어린이 시간'이 방송되는 오후 다섯시부터였다. 마을의 아이들이 서울의 남산 중앙방송국에서 쏘아올리는 재미난 프로를 듣기 위해 당나귀처럼 귀를 쫑긋 세우고 스피커 통 밑에 선 채 꼼짝 않는 것이었으니, 어머니가 부엌에서 발을 구르며 저녁밥 먹고 들어라 해도 막무가내였고 외양간에 송아지 몰아넣고 오라고 해도 아버지 지금 무슨 말씀이시냐는 듯 눈만 멀뚱거릴 뿐이었다. 보다못한 어른들이 이장 리삼식씨에게 건의하여

그 시간에 교육적으루다 스피커 방송을 일시 중단케 했던 것인데 정작 더 심각한 일은 그다음에 벌어지고 말았다. 〈누가 이 사람을 모르시나요〉라는 슬픈 주제곡과 함께 밤 여덟시부턴가 시작되는 연속 방송극 〈남과 북〉 시간이 바로 그것이었는데, 이번에는 어린이들은 물론이고 동네 처녀들 아낙들까지 가세하여 스피커 통을 아예 애인처럼 껴안고 사는 것이었다. 그래서 물레 잣고 실 뽑는 1년 길쌈 농사가 영 말이 아니게 되었으니 이래저래 근대 이장 리삼식씨의 야심 사업은 말도 많고 탈도 많았던 셈이다.

손춘익 선생에게서 들은 이야기

손춘익 선생에게서 들은 얘기 중에 이런 것도 있었다. 경북대학의 K시인이 늘 술만 먹고 다방 출입만 하는 국문과 학생에게 이렇게 말했다고 한다. "니 그라고 다니다가는 박훈산 같은 시밖에 몬 쓴다." 그런데 일이 재밌게 되려고 그 학생이 그 말을 그대로 박훈산 시인에게 전해 드렸겄다. 화가 머리끝까지 치민 박시인이 경북대학으로 동성로로 K시인을 잡겠다고 며칠을 쫓아다닌 끝에 대백 앞 다방에서 딱 맞닥뜨렸다. "니 내를 학생들 앞서 고렇게 말허면 쓰나? 도대체 니는 얼매나 시를 잘 쓰길래 넘을 고렇게 얕보노?" "내가 언제 그랬다고 허드나. 비유적으루다 말해서 노력을 안 허면 그리된다는 것이었제. 니 고만 화 풀고 내랑 한잔허러 가자꾸마. 미안타." 어쩌구 해서 사건은 일단락되었다고 하는데, 김수영 시인도 당시 어느 월평에서 다른 사람들의 시를 쭉 언급하다가 갑자기 내 이런 시들을 좋다고 하느니 대구에 가서 술 얻어먹은 박훈산 시가 더 좋다고 하겠다는 돌출 발언을 한 적이 있으니, 어찌되었든 그의 성함이 대구에서뿐만 아니라 전국적으루다 두루 유명했던 모양이다.

라지오

라디오를 꼭 라지오라고 고쳐 부르는 우리의 친애하는 구비문학가 B선생이 웃자고 한 얘기 중에 그런 것도 있었다. 강원도 농촌개척단 시절 낮이고 심심하고 장에 간 친구들은 오지 않는데 그의 눈앞에서 닭 한 마리가 쏘옥 알을 낳고 사라지는 것이 아닌가. “어 닭이 알을 낳네? 그러면 거기로……” 하고 생각이 미친 그가 닭 한 마리를 잡아 후다닥 일을 치르고 나자 놀란 닭이 정신없이 마당을 가로질러 울타리에 가 머리를 처박고는 꼬꼬댁거리며 한참을 나오지 않았다. 그런데 이 얘기의 절정은 바로 그다음 대목. “아 그런데 이 닭이 말이야. 그다음에 나를 전혀 못 알아본단 말씀이야. 내가 언제 너하고 그랬더냐는 멀뚱한 표정으로 발끝의 모이만 콕콕 쪼며 지나가는 거라. 무지하게 섭섭터라고. 앞뜰의 염소는 고삐에 매여서도 매애거리며 꼭 알은체를 하는데 말이야……”

협객

B선생이 한창 협객이었던 시절, 창경궁 앞에서 만나 한판 겨루기로 한 친구가 초장부터 칼을 들고 나와 설쳐댔다. 헐렁한 삼베 바지 차림의 B청년이 피식 웃으며 이렇게 타일렀다고 한다. "얀마, 너 그것 갖고 얼른 집에 가서 애들 연필이나 깎아줘라!" 칼을 들고 잔뜩 움츠렸던 청년이 그 앞에 덜컥 무릎을 꿇더라는 것이다.

답장

B선생이 구룡포에서 남의집살이할 때였다. 수하의 꼴머슴이 밤이면 통신 강의록으로 공부하는 근로 청소년이었는데 그 기상이 가상할 뿐 아니라 늘 읽을거리에 목말라하는 처지가 안타까워 큰맘 먹고 그가 아는 유일한 지식인인 서울 동아일보사의 이○○ 기자에게 편지를 썼다고 한다. 여사여사하니 매일 신문 한 부씩만 부쳐줄 수 없겠느냐고. 일주일 후 답장이 왔길래 기쁜 마음으로 열어보았더니 그 내용이 이러했다고 한다. "신문은 무슨 신문이냐? 여의치 않아 머슴 살러 갔으면 조용히 머슴이나 잘 살아라."

교육방송

미술평론가 유홍준 교수는 방동규 선생을 가리켜 언제나 존경하는 구비문학가라고 했다. 그러면 그에 못지않은 '왕 라지오'인 당신은 또 무엇이냐고 물었더니 자기는 그냥 교육방송이라고 했다.

두어 말

유홍준 교수가 영남대학교 박물관장 시절 잡급직 용원인 전 모씨에게 무슨 급한 일로 차에 기름을 좀 넣어줄 수 없겠느냐고 부탁했더니 곧바로 그의 등뒤에서 강한 악센트의 경상도 말로 드잡이하듯 "한 두어 말 넣어 올까요?" 하길래 깜짝 놀랐다고 한다. 말하자면 그는 대학이 들어서기 훨씬 전부터 그곳의 괄괄한 농사꾼이었다.

경찰은 물러가라!

옛날 동숭동 서울 문리대 시절, 교련 반대 시위로 교문을 사이에 두고 학생과 경찰이 지루하게 장기 대치중일 때였다. 도저히 못 참겠다는 듯 학생 하나가 대열에서 뛰쳐나오더니 맨 앞의 핸드 마이크를 빼앗아 쥐고 경찰을 향해 외쳤다. "경찰은 물러가라! 경찰은 물러가라!" 놀란 경찰이 후다닥 방패를 챙겨 들고 일단 진격 자세를 취하자 핸드 마이크가 다시 한번 외쳤다. "경찰은 물러가라! 경찰은 물러가라! 만약 안 물러가면, 만약 안 물러가면 안 물러가는 걸로 간주하겠다!" 그래서 경찰도 와르르 웃고 학생들도 한바탕 배꼽을 잡고 웃었다는데 그 학생의 이름은 뒷날의 유명한 소리꾼인 임진택이었다.

천하태평

강원도 홍천 내리계곡에 들어가 첫 캠프를 쳤을 때의 일이다. 새벽에 폭우가 쏟아져 계곡물이 급습하는 바람에 식구들마다 놀라 깨어 대장의 지시로 긴급 대피를 하고 있는데 어쩐 일인지 간밤에 홀로 대취했던 채희완씨네 집만은 조용하였다. 가서 텐트를 흔들며 열어보았더니 채희완씨는 모래를 수북이 입에 문 채 웃으며 잠들어 있었고 그 얼굴을 그대로 빼박은 어린 아들 또한 물 젖은 모래를 뺨에 대고 그 옆에서 천하태평이었다.

H씨

H씨가 H동에서 H문학지를 운영하고 있을 때였다. 작품이 실린 지 몇 달이 지나도 고료를 잘 안 주기로 그 명성이 자자하였다. 생각다못한 지방의 한 소설가가 애를 업은 그의 부인을 올려보냈다. 영리한 부인이 H문학사에 들어서자마자 댓바람에 애의 엉덩이를 꼬집어 울리는 바람에 놀란 H씨 역시 그 즉시로 밀린 고료를 내줄 수밖에 없었다고 한다.

김용택

창비사가 마포경찰서 뒤 광덕문화사 삼층에 있을 때였다. 아침부터 웬 작달막한 체구의 사내가 사과 궤짝을 어깨에 바투 메고 부리나케 삼층 계단을 오르더니 창비사 문을 벌컥 열고는 쿵 하고 그것을 바닥에 내려놓았다. 그러고는 나를 향해 씽긋 웃는데 섬진강에서 갓 올라온 김용택 시인이었다.

즈가버지

전라도 여인들은 남편을 부를 때 꼭 즈가버지라고 했다. 즈그(that) 아버지라는, 자식을 매개로 한 일종의 간접 호칭인 셈인데 수많은 즈가버지들은 또 즈거매들의 목소리를 용케도 알아들어 회관 같은 데 한꾸네 모여 있다가도 "즈가버지 여기 짬 보씨요 이" 하면 "왜 그려?" 하면서 그중의 한 사내가 진짜 고개를 쏘옥 내밀고 나오는 것이었다.

홍조(紅潮)

내산 형수의 욕은 온 동네가 알아주는 욕이었다. 아침부터 새 샘가에서 쌀을 일다 말고 "저 자라처럼 목이 잘쑥한 위인이 밤새도록 작은마누래 밑구녕을 게 새끼 구럭 드나들듯 들어갔다 나왔다 들어갔다 나왔다 해쌓더니만 새복에 글씨 부엌이서 코피를 한 사발이나 쏟고는 지금 비틀배틀 배틀재로 넘어가는구만" 하고는 돌아서서 코를 팽 풀다가 어린 나를 발견하고는 "아따 데름 오래간만이요 잉" 하며 잔주름이 접히는 상큼한 눈웃음을 웃으면 내 얼굴은 그만 홍조로 붉게 달아오르는 것이었다.

고발

70년대의 어느 오후 광주지법 법정. 창밖으로 초겨울의 송이눈이 펄펄 날리고 있었다. 긴급조치 위반으로 묶여온 학생이 격해진 감정을 참지 못하고 닭똥 같은 눈물을 뚝뚝 흘리며 정보부 분실에서 당한 통닭구이 고문을 떠듬떠듬 더듬고 있을 때였다. 반대 신문중이던 홍남순 변호사가 책상을 탁 치고 앞으로 걸어나가더니 학생 앞에서 이렇게 외쳤다. "나쁜 놈들 같으니라구! 거 고발해버리지 그랬어?" 검사도 판사도 그리고 학생도 깜짝 놀라 잠시 어리둥절해하는 사이 방청석에서 볼멘소리로 낮게 중얼거리는 목소리가 들려왔다. "거 어떻게 고발하란 말이야?"

갈매기

70년대의 한 시기, 돈이 생기는 날이면 고은 선생은 광화문 뒷골목의 백범사상연구소를 찾았다. 그리하여 그곳의 백기완 선생을 불러내 문턱이 새까맣게 닳은 고깃집에 마주앉았다. 불판에 고기가 툭툭 튀며 익어갈 때마다 아, 나직이 들려오던 백기완 선생의 노래 "갈매기 바다 위에 나지 말아요."

취미

나는 새도 떨어뜨린다던 남산 중앙정보부, 그곳에 들어가 신원진술서 취미란에 '식사'라고 썼다가 치도곤을 당한 유쾌한 학생이 있었다. "뭐 이 새끼 취미가 식사라고? 이 새끼 이거 순 유물론자 아냐?" 그 일로 그는 조사도 받기 전에 밤새도록 수사관 두 명에게 돌아가며 맞았다는데, 가난이 원죄이던 시절 그는 런닝구 바람에 책을 끼고 신당동에서 동숭동까지 걸어다닌 강골의 고학생이었다.

은행

연말이 가까워오는 어느 아침, 작업복 차림의 노동자 하나가 머리에 듬뿍 묻은 눈을 털고 들어와 무인 지급기 위에 두툼한 손을 얹는다. 그리고 한참을 망설이다가 무쇠처럼 닳은 손가락을 들어 예금 출금키를 누른다.

게 서방

동네에서 게를 제일 잘 잡는 사람은 형원이 아재였다. 동패들과 어울려 장에 가다가도 작은 개울을 만나면 "아저기 게가 있구먼" 하고 두루마기 자락을 걷고 들어가 가던 장도 잊어버린 채 한나절이고 반나절이고 엎드려 게를 잡았는데, 특별한 미끼도 없이 강아지풀 같은 것을 꺾어 게 구멍에 들이대고 "요요요요……" 하면 어김없이 게들이 꼬리를 물고 달려나와 그의 팔에 안겼다. 그리하여 사람들이 그를 일러 게 서방이라고 했는데 밤에 마누라 다루는 솜씨는 따로 있는 건지 가서 차라리 게 구멍이나 건드리라고 벌써 여러 차례 집 밖으로 쫓겨났다는 소문이었다.

도동(桃洞) 아재

코가 빨간 도동 아재는 이를테면 마을의 숙수(熟手)였다. 큰 잔치가 있으면 수하에 서넛을 거느리고 과장(果房) 일을 보았는데 그의 칼끝이 한번 닿았다 하면 저육은 저육의 맛을, 편육은 꼬스름한 편육의 맛을 그대로 드러냈으며 그가 차리는 상은 규모가 있을 뿐만 아니라 정갈하고 맛깔스러워 타동네 사람들도 그것을 한번 받기가 소원이었다. 그리고 숙수 도동 아재의 날랜 솜씨는 그 손님에 그 상 차리기로, 차일 앞에 척 들어서는 모양만 보고도 아 이분은 가늘게 찢은 닭고기에 빨간 실고추를 얹은 닭국물이로구나, 아 저분은 선지를 듬뿍 넣고 푹 끓인 얼큰한 쇠고깃국이구나를 기가 막히게 알아맞히는 것이었는데 대부분의 손님들은 상을 받고 입이 함박만큼 벌어지게 마련이었다. 그러나 도동 아재가 언제나 재바르고 좋은 사람만은 아니었다. 입에 술만 댔다 하면 빨간 코가 토방에 뭉그러질 때까지 말술이었고 한번 앵도라졌다 하면 팔뚝을 걷어붙이고 길길이 날뛰는 것이 이미 이 세상 사람이 아니었다. 그래서 잔칫집 안주인은 늘 과방 앞을 조심스럽게 기웃거리며 그의 눈치를 종종걸음으로 살펴야 했다.

형제

내 얼굴을 쓰다듬으며 누님은 살았을 적 키가 껀정한 아버지의 모습을 빼박았다 말하고 그런 누님을 가리켜 나는 젊었을 적 우물가에서 볼우물 환한 웃음을 웃던 어머니의 옆얼굴을 그대로 닮았다고 했더니 수줍은 듯 호호 입을 가리고 웃었다. 찌는 듯한 여름 해가 좀체로 지지 않는 전주시 중노송동 노송탕 옆 반지하 셋방. 오랜만에 우리 둘이는 서로의 시큰한 뼈들을 안고.

문학동네포에지 082

바다 호수

ⓒ 이시영 2023

1판 1쇄 발행 2004년 5월 20일
1판 2쇄 발행 2004년 7월 7일
2판 1쇄 발행 2023년 12월 22일

지은이—이시영
책임편집—김민정
편집—유성원 김동휘 권현승 유정서
표지 디자인—이기준 이정민
본문 디자인—이원경
저작권—박지영 형소진 최은진 서연주 오서영
마케팅—정민호 박치우 한민아 이민경 박진희 정경주 정유선 김수인
브랜딩—함유지 함근아 고보미 박민재 김희숙 박다솔 조다현 정승민 배진성
제작—강신은 김동욱 이순호
제작처—영신사

펴낸곳—(주)문학동네
펴낸이—김소영
출판등록—1993년 10월 22일 제2003-000045호
주소—10881 경기도 파주시 회동길 210
전자우편—editor@munhak.com
대표전화—031-955-8888 / 팩스—031-955-8855
문의전화—031-955-2689(마케팅), 031-955-8865(편집)
문학동네카페—cafe.naver.com/mhdn
인스타그램—@munhakdongne 트위터—@munhakdongne
북클럽문학동네—bookclubmunhak.com

ISBN 978-89-546-9782-8 03810

www.munhak.com

문학동네